伊口さや『大人になったらこわくないよ』に寄せて

生息地不明のわたしとすれ違う

川口晴美

大人になったら、という言葉の後にはほとんど自動的に〝何になる？〟というフレーズを思い浮かべるけれど、大人になったら、という言葉そのものは、もう戻ることのない時間のどこかへ置いてきてしまった。いつのまにかわたしは〝何〟かになっていて、それがなんなのか、ほんとうになりたかったのか、よくわからないまま、〝なる前〟の、〝何〟でもないイキモノとして宿していた不定形の熱と息からは、隔てられている。

だけど、それは失われて消滅したわけじゃない。大人になった体になぜだかすうすうする風が吹き抜けるとき、それはわたしに似ているようで今のわたしとはぜんぜん違うあの不気味でかわいくて痛々しいイキモノの、息ではないのか。そう思う。風のように、音のない声が、季節を渡りゆく体の内側に谺する。つかまえて手をつなぐことはできない。それでも手をのばしてみる。詩の言葉でなら、さぐることができるから。伊口さやの第一詩集は、そのように差しのばされた言葉のしぶとく繊細なふるえの軌跡だ。

からだの知らないところからあがる声
（中略）
届かなくても
手を伸ばすことが
すべての意味だったように

（「おいかけっこ」より）

決してわかりあえない他者と同じように、つかまえられなくてもそこにいるということを感じ続け、こちらも生きているよと伝え続けるためには、伸びゆく草の先端にも似た言葉をそよがせるしかない。そうして擦過したところから輪郭はほどけ、〈わたし〉ではないモノと〈わたし〉は言葉のなかで溶け合い、〝大人になったら〟が成立する現実の直線的な時間の埒外へとさまよい出て、走る。

頭の中は外より広いから
脱走しよう

（「脱走遊び」より）

溶けていく
きみもぼくも
いなくなったあと
月日の向こうはただ
輝いて

（「ぼくたちに告ぐ」より）

単純な感傷や懐古ではなく、成長の否定でもない。〈じぶんの名前を忘れる遊び〉を繰り返し、〈傷口がひらいたままのからだ〉を遠くまで運べば、〈どこへでもたどりつけてしまう〉はずなのに、〈選ばされる〉不思議さと理不尽さ。最初から〈なにかを脅かす〉モノとして存在し、〈誰かの不幸〉を願ったりもするのだと〈わたしの重さ〉を知っていく痛み。生きながら慣れていくしかない。それは、大人になったら〈こわくない〉のだろうか、ほんとうに？　大人になるのは、こわくないのは、希望だろうか。ほんとうは、こわくなくなることのほうがこわいかもしれないのに？

ズレながら交差する視野と感覚のなかに、詩の地平は瑞々しく拓かれる。〈祖母やその母たち〉と〈わたし〉の体のイメージが透き通るように重なる「夏の舟」や、鮮やかな記憶が溶け合わせた体を引き離した後に明るむ「生息地不明の彼女たち」「間違いは刻まれる」など、読んでいるとわたしの内側で見失っていたわたしにすれ違ったような気配が胸に迫った。

永遠の別れなんてなくて
時間の決まっていない待ち合わせがある

（「誰かの春」より）

一瞬毎に生まれ直し、あたらしいモノとして存在する〈わたし〉たち。伊口さやの詩の言葉は独特の時間感覚とスピードを息づかせ、泡立つように何度でも、知らないわたしに出会わせてくれる。そのなつかしさは、こわくない。

大人になったらこわくないよ

伊口さや

思潮社

目次

表紙画＝田中千智　装幀・組版＝福田正知

大人になったらこわくないよ　伊口さや

おいかけっこ

わたしを目にするとき
あなたの中で立ちあがる音を
いちども聴くことはできない

あなたを考えるとき
わたしのすみずみへ走る音を
言葉にするほど遠ざかり
ひとつもただしく聴かせられない

つかまえてみたい

その音を
かつてのわたしも聴いていた
心臓をはちきれそうになるまで使って
陽の光がいずれ消えることにも気づかないで
全身の血が甘くなるくらい
走って
息を切らし
からだの知らないところからあがる声
ずっと遊んでいよう
そう言ったのは誰だったのか
夕日の逃げだす公園も冷えていく遊具も
目の前にはない
けれどわたしは今も
そこにいる

あの誰かは
遊びつづけているだろうか
届かなくても
手を伸ばすことが
すべての意味だったように
ぬくもりの向こうの
さびしさをおいかけて

あなたと言葉に触れるとき
遊びのつづきを生きている
かつての光がない場所で

脱走遊び

うるわしいな今日は
どんな日だろう
昨日は一晩中耳を塞いで
口笛を吹いていた
泥棒が入るからやめなさい
そういうお母さん
どこにいったんだろう

頭の中は外より広いから
脱走しよう

想像通りに
飛び越えるんだ
けれどなんども失敗して
ここへ帰ってくる
聞いて、今日は雨の遊園地から
逃げだしてきたんだ
じぶんの名前を忘れる遊び
はじめましてここはいいところだね
生まれた理由を覚えていれば
すぐにまた会える

止まらない観覧車
薄く開けたまぶたの間から
橋　ひかりのつぶ

ぶらさがって
明るさがいつもと違う
道路のカーブのなだらかさも
空中を歩いているみたいなぼくは
短い夕暮れの一生を終える
今日の持ち物は
この命しかないのが
うれしくって

土産物屋のすぐそばで
風船売りが耳打ちした
想像してごらん
心が痛む日には
思い描いてごらん

きみが踏みにじったすべてのものを

もらった風船を手放して
生まれた場所を忘れる遊び
ほんとうのおうちはどこだろう
いつか帰れる場所がある
目を閉じて走りだそう
想像してみよう
逃げ切れるまで

帰ったら手を洗いなさい
そういうお母さん
どこにいるんだろう
このおうちは新品の匂い

目の前のあなたのことが
大好きです？

夜は爪を切らないって
約束したのに
どうして破ったの
にゃおん、返事をする
人の言葉がわからない遊び
わかるともっとむずかしい

雨が降りつづいている
明日はどこへ脱走しよう
目を閉じていても見える遊び
お母さんが今日も一緒に眠ってくれる

毛布をかぶったからだを撫でてくれる
大人になったら
こわくないよ

誰かが空を塗りかえて
目を開けると知らない天井
またこの想像から朝がはじまる
ぼくという檻から逃げて
今日はどこに脱走しよう
新しい命でやり直して
知らない街を駆けまわり
それでもあなたに会いにいく
明日こそは
きっといい子

外はまだ雨が降って
いつかの風船売りが
手を叩いて笑っている

ぼくたちに告ぐ

気をつけてと
警報が外から歌っている
部屋のテレビには
どこか遠くの透明な海底が映って
さまよい泳ぐおかしなフォルムの生き物を
見つめるきみは
かわいそうだね
みんなが消えていく運命をそう口にした
絶滅って漢字はまだ習っていなかった
いずれ最後の一頭になるほど

汚され蝕まれた海だというのに
画面の向こうは
光が編みこまれたようにとろけそう
それはきっと先に
いなくなった生き物たちの記憶が
色濃くあの海に溶けて輝いているから

警報はやわらかく部屋へ入りこみ
その音を聴かせないでときみがいうから
ぼくは真夏の窓を閉める
カーテンのように揺れる陽炎の向こう
果てはないと嘯くこの道路を歩いたら
まばゆい海へつづいているのかもしれない
町の傷んだスピーカーから響く

密かに好きだった女の人の声は
光化学スモッグに気をつけてと告げる

気をつけながらそっと　外へ
頬を包みこむ風は
墓標のように並ぶ煙突を越えて
隣町から隣町へと警報の残響はつづく
どこで途切れるのか
あの女の人の断末魔を見てみたかった
汚された風に気をつけてと
告げられるぼくたちが
生きながら汚しあっていると知るずっと前から
彼女の割れた声は教えてくれた
あなたたちはいつだって

なにかを脅かすのだから気をつけて

吸いこんだ毒を吐きだすことは
幼さを差しだせばゆるされると信じていたから
抱えきれないものをぼくから投げ捨てられるきみは
あの海のようでかわいそうで
生きるのが楽になったら
優しく撫でてみたかった

夏の記憶ばかり残る町を出て
道路が途切れる先を
さまよい歩いてみても海まで遠く
傷口がひらいたままのからだで
べつの誰かを抱きしめる人を見たとき

なにかを脅かすことのできる手足すら
生まれることをゆるされていたと知ったよ
喉の焼けつくようなあの吐息を
かなしみと名づけたら
わけあえたのだろうか
手の届かなかったぬくもりが今は
光の破片となってあの町に散らばり
溶けていく
きみもぼくも
いなくなったあと
月日の向こうはただ
輝いて

夏の舟

わたしたちは坂道を歩いていました
真夏の太陽に見下ろされ
わたしと祖母はたがいの手を引き合いながら
行きは花と線香を持って揚々とのぼった坂を
帰りは転ばないように恐々とくだり
伸びすぎた雑草は地面にひれ伏して

わたしのからだは汗で濡れるのに
長袖を着て平然と歩く祖母が不思議でした
裾からは簞笥の奥に隠された煙草の匂いがして

それは父とも母とも近所のおばあさんとも違う
見知らぬ町で時を編んだひとの匂いでした
汗の滲みだす手と手が
きゅうに気持ち悪くなって離そうとしたとき
わたしと祖母の上を
雲が渡っていきました
影が
わたしたちのからだに落ちて
うっすらとした暗闇が去ってしまうと
また夏が
冷たいくらい熱を帯びた坂道が目の前にありました
何年生になったかね
そう尋ねる祖母の輪郭が
地面へ濃くひきずりだされて

そのゆらめくかたちを
夏は来るたびにすり減らしていきました

背丈が祖母と並ぶようになるころ
わたしのからだはまだやわらかく
舐めるようにゆっくりと夏は通り過ぎ
あっという間やねという祖母の
あちこちが痛いらしいからだはひと息に呑むようにして
わたしと祖母の上を
あと何回夏は通過するのか
想像するといつも見えないところが冷えるのです
灼けた皮膚が剝がれるのを繰り返し
壊してしまった虫籠も

殺した蝶のこともいいだせないまま
わたしの背はずいぶん伸びていました
夏はかつてより早くわたしのもとを去っていきます
祖母や祖父が灰になるのを見届けて
温かかった生きものを土に埋めて
わたしもわたしの母と父も老いていきました

今ここにいるわたしたちの上を
あと何回夏は通過していくのでしょうか
どれだけあっても数えられるほどだと知っています
つよすぎる光の波に溺れそうになりながら
虫籠の割れた破片のするどさが
ちぎれた蝶の羽のやわらかさが
行き来する熱を夏と呼ぶわたしの中で蘇ります

ゆらゆらとたゆたう祖母の皺だらけの手は
夏にだけやって来る
見知らぬ洋菓子の匂いをまとったわたしの手を
強く握りしめていました
その奥にしずかな骨を感じて
わたしもそうなるのだとうれしかった
古いチャッカマンを提げて
あの坂道を行ったり来たりしながら
いつかこんなに温かい骨になれるのだと

あの坂道を歩くことはほとんどなくなりました
祖母が暮らしていた家は売りに出され
雑草の短く刈りとられた一帯は
来年新しい道路に生まれ変わるそうです

それからまた夏が
わたしのからだを通り過ぎていきます
祖母やその母たちのからだをいくつも渡りながら
わたしのあとにも次の誰かを乗り継いで夏は生きて
数えきれないほどの汗と吐息を吸いこみまたやって来るのでしょう
ただよう小舟のようなわたしは
かつて同じように夏を運んだ大勢のからだたちと
遠く離れたところにいても同じように空を見上げます
雲の影が
また落ちて頬を撫でる
わたしから永遠に夏が去るまで

泡声

水に触れる
ことができたのだ
シロナガスクジラと同じくらいと教わった
四角い二十五メートルのプールで
笛と声が交じりあい
絶えず濾過され消毒される海で
背泳ぎ　クロール　バタフライ
わたしのからだは小さく軽く
浮いたり　潜ったり　水を掻いたり
時間をとびこえたり

することもできたのだ

水がわたしを包む皮膚をなぞり
わたしが水のうねりを抱きしめ
やがてどちらが先かわからなくなる
波がどこまでもつづく
細胞のいくつかはそれを懐かしんで
深く潜るほど冷たく寄りそう水という生き物
わたしは一頭のクジラになって
地上の音はここには届かない
泳ぐのは気持ちよくて
くるしい
口から立ちのぼる泡が
破裂していく

クジラのままでいられたら
きらいなあの男の子からも
自由に逃れることができる
髪をつよく引っ張られることも
服の中に手を入れられることもない
水だけがわたしの形を確かめられる
けれどプールからあがると
すべてがずっしり重たくて
わたしのからだがあることを思い出して
かなしいのだった

白くふやけた皮膚は
子どもでも簡単に引き裂ける
わたしの血を凍らせる男の子を

迎えにくるその母親のまなざしは
わたしの母親みたいに温かそうで
形にならない声はどこにも
届かない
内側で膨れあがる憎しみは
わたしの輪郭を押し広げるから
目を閉じれば変身できる
傷のつかないじょうぶなからだ
もうすぐ尾鰭だって生えてくる

二十五メートルに切り取られた海で
迷いこんだクジラのふりをして泳ぐ
人を憎むなという教えと
生存のあいだで揺れながら

プールの底も青くふるえていた
もっと深く　遠く　潜っていける
太平洋　ベーリング海をこえて
北極の氷を突き破るまで
目をつぶり
顔をうずめて
水に触れることができたのだ
なのにいつの間にか
息ができず溺れていく
叩かれると熱かった
からだを這う手は生ぬるかった
わたしはわたしの重さを知らずに
ただ泳いでいたかった

光が
天井からおぼろげに散って
どこへもいけないプールの底で
はじめて誰かの不幸を願った
そのとき水の中で
叫んだかもしれない
からだじゅうに満ちた暗く濁った澱に
塗り潰されていったものがなんだったのか
このさき探しまわるわたしの姿が
水の向こうに見えたから
それでも
泡になって割れていく声は
塊のような時間をとびこえて
ある日わたしの耳に届く

いつか水に触れて
思い出す

わたしは泳ぐことが好きだった

おかあさん再生産

湯気がわたしたちを満たしていった
きゅうくつなバスタブの中で
丸めたからだを一緒に温めていく
あの子の水浸しの肌は薄く
これから雨が降りだす空のよう
ひとりで髪を洗えるようになったばかりで
見ていてと誇らしげに言う
その小さな手に
わたしに似た瞳に
呼びかける

わたしの
おかあさん、と
あの子は
顔をほころばせて
いつものおままごとのつづきのように
おかあさんですよ、とこたえる
とても優しい
わたしだけのお母さんがほほえんだ
窓の外は冷たい風が吹きあれて
なにか恐ろしいものが
わたしたちの壁を
叩いている
幼い頃のわたしは
その音がこわかったはず

忘れていたのは
わたしよりか弱い生き物に
目をうばわれていたからだった
あと十数えたらあがろうねと
わたしは言わなければいけない
それなのにこぼれてしまう
わたしよりずっと細くやわらかい
あの子を抱きしめている
だんだんと湯の冷めていくバスタブで
わたしだけの小さなお母さんは
お気に入りの人形にするように
頭を撫でつづけてくれる

＊

からだの一部のように纏う
スカートを脱いだあの人の
生身の足にはまだらに血管が透けていた
浴槽で膝を抱えると
わたしと同じくらいの目線になってしまう
時間をかけて伸ばした髪が
夜のように湯にひろがって
それがかろうじて大人の証だった
窓の外で木々をなぶる雨風が
届くことのないやわらかな湯気の中で
あの人はわたしだけを見つめる
ひとりで髪を洗えると言うと
えらいねと

唇の間から音が漏れたのに
その顔を見ると
もう少しだけ
洗えないふりをすればよかったと
なにか間違えてしまった気がした
心臓が
くっつくほど近いところで
あの人がわたしを
おかあさん、と呼んで泣いていた
せまい浴室は声が反響して
なにもかもがちぐはぐに耳に届くから
わたしの中であふれて揺れた
さざ波のような音は
聞こえなかったものとして

わたしにすがりつく
大きな子どもの頭を撫でると
目があう
その目の中に
わたしはわたしのお母さんの面影を探す
けれど
見つからない
あの人のからだは
お母さんとそっくり同じなのに
どこにいってしまったのだろう
わたしの
本当のお母さんは

すっかりふやけてしまった手で

重たくなったからだを支え
ひとりきりの浴槽から這い出る
音を立てないよう栓を抜いた
念入りに身支度をして家を後にする
膨らんできたこのお腹を見せるために
わたしはあの人に会いにいく
電車を乗りつぐ間に
あの人の唇から聞こえる音を想像して
マスクの下で口角をあげる
じょうずに笑う練習をする
からだの内側でさざ波が立った
そんな気だけがした
頭上には雲が流れ
かすかな雨の気配を吸いこむ

もうすぐ恐ろしいことが起こるようで
あの人はこんな空が嫌いなのだ
わたしはわたしのお腹に触れて
そこにいる誰かに呼びかける
おかあさん、と
生ぬるい風が耳元に吹く
大丈夫もうじき
お母さんはわたしの前に現れる

海辺で眠る

目が覚めるといつも砂漠なのだと
あなたは眼前で息吹く海の
まだ幼い波を見て言う

砂漠ってどんなところと聞くと
白くて　渇いて
みんなが一斉に
いなくなってしまったところだと

あなたの髪に絡みつく潮風は

溶けた水に溺れながら
宿るようにその跡を残そうとする
波が引く間にわたしは目を閉じて
はちきれようと騒ぐ海が
消えた景色を想像してみる
それから目を開けて
ひとまわり大きく育った波が
ここへ帰ってくる鮮やかさに驚いた

ゆっくりと熱を奪われながら
吹きさらしのわたしたちは膝を抱え
流木のような指の隙間に
濡れた砂が入りこんでいく
あなたはわたしの空っぽの手を見て

ハサミはおいてきたのかと尋ねた
埋めてきたと言うかわりに
血の気のない唇の奥から
う　とか　あ　とか絞りだす声が掠れた
へばりつく喉を押さえ
後ろを振り返ると
かつて過ごした街がもう傷んでいる
錆びた塀
古い布に包まれた生活
食べ残しの貝殻
振り回して光る銀色の刃
ひとつずつ浮かんでは
瞳の向こうへ落ちて
がら　がら　ごう　ごう　と

風の　波の　わたしの
吐く音が海へ集まるのを
暗闇の中で耳だけが知っている
どれくらいわたしたちは凍えながら
その音を聞こうとして
聞きわけることができず
繰り返し口にするのだろう
眠りたくない
眠ろうよ　と
いつも目が覚めると
古ぼけた太陽の下にいる
白い砂がどこまでも広がり
遠くの地平線が歪むのを横目に

わたしはただ歩いている
からだが重かった
ずいぶん眠っていなかった
みんなどこへ行ったのだろうと
かつてあったはずの気配を
探しながら耳を澄ませ
軋む頭を押さえ
焼ける喉を掻きむしり
見上げれば
ひとりきりの渇いた空
そうだ　ここが故郷だった

よろめく足で
崩れる砂を蹴散らすと

足元でなにかが光った
飛びだした銀色のハサミ
そのうすら寒いまばゆさに
上から砂をかけてやる
混じった貝殻の化石と一緒に
どうか冷たくないように
埋めたら少し明るい気がして
また一歩ずつ足を踏みだした
あたりは静かだった
なにか言いかけていたことも忘れ
やがて夜が来て
月が満ち欠け
風向きが変わり
どれくらい歩いたのだろうか

まぶしい太陽に焦がされ
誰かの声を聞いた気がした
弾けるように汗が吹きだし
もたつきながら砂山のてっぺんに立つと
そこには見たことのない
大きな海が口を開けて広がっていた
生き物のように呼吸をして　脈を打って
高らかに蠢き笑っていた
砂浜には立ち尽くしたあなたが
窪んだ目でまばたきをして
砂山をくだりわたしは挨拶をする
波の呼吸が疼きだし
潮風がからだじゅうを這いまわり
一歩ごとに水の染みだす砂へ

足跡を残しながら
わたしは言う

目が覚めるといつも砂漠なの

海辺に腰を下ろすと
風か波か
低く這う息遣いが
ずっとなにか語りかけてくる
その言葉を知ろうとして
どうしても知ることができず
ただ命の破片を含んだ風が
取り憑くように耳元へ纏わりつく
じっとりと重くなったまぶたを

落としかけては爪で引っ掻き
水飛沫に叩かれ顔を上げれば
かろうじて
海はまだそこにある
わたしたちはからだを丸め
目の下を真っ黒に染めて
今日も眠るのを恐れている

バスがやってくる

知らないところじゃ眠れないの
ここは血だまりではないのに
気づいたら
足音が響く暗がりの
バスターミナルの待合席三列目

今日も生きていたなあと
落ちていくまぶたの
裏がわに古い部屋が広がる
わたしの部屋か知らないひとの部屋か

清掃係はわたしを気にとめず
明日のために床を磨きあげる
電光掲示板の丸い粒の集まりが
点滅していくつかの文字になる
恵まれた／ひとは／選ぶことが／できる
ポケットの中でありったけの力で
尖ったものを握りしめて
息を止める
すうすわない
すくうすくわれない
バスはやってこない
けれど待っている間は
とっても生きている
それだけで手のひらが痛いのは

見えない血が一滴ずつ
ここへ落ちていくからだろうか
きんと空気の冷えるバスターミナル
今日も生きていたなあと
暗くまぶたを落とす

とんとん、と叩かれ
起こされた待合席の固い椅子の上
わたしを覗きこむ女の唇がうごめく
素敵な朝のはじまりですよ
ざわめきの戻ったバスターミナル
わたしたちみんなで雑踏を織りなす
ポケットから出した手は
傷ひとつないまま

また一日を生きのびて
さあどこへいけばいいだろう
目の前を通る少年の一群が
海に行くんだとはしゃいでいる

今あの角を曲がって
新しいバスがやってくる
先を競うように列に並ぶ顔たちの
まぶたの裏がわをわたしは知らない
その目も血だまりを映さない
だから軽々と飛び越えて
バスへ乗りこんだ少年はみな
光に頬を透かしながら
窓硝子の中でわたしに手を振る

ノック

紙の上で慣らされた遊びは
設計図通り満ちていけばうれしかった
あなたに似せて象られた目や鼻や耳を
後から何度も描き直していることは言えない
伸びていくからだの線は生き写しであるほど
あなたはそのデザインを喜ぶ
もっと影をつけて
もっと正しく描いて
隣の家からピアノの練習が聞こえる
また同じところで間違えて止まってしまう

鉛筆と紙がこすれる音のうしろで
誰かが階段をのぼってくる
使い潰した鉛筆から手を離して
黒ずんだ指で思うままに
あなたらしき唇や頬骨に消しゴムをかける
広がっていく空白をもっとよく見つめて
そこにはなにもなかったと
そう思いたいのに
こびりついた皺のような痕が
消えない灰色となって滲んでいる
あとで火をつけようと
紙をつまみ上げた指の中で
いつかの火傷がとんとんとドアを叩く

銃声のない夜を駆ける

地面を蹴るたび膨らんでいく音
笛みたいにひゅうひゅう鳴りながら
短く吸いこんだ冷気とからだの熱がまざる瞬間の
あの喉の奥のくすぐったさを味わっていたくて
夜のコンビニの光を目指す
家にいる誰にも気づかれないよう
閉めたドアから
スタート
位置について用意はしない
パンと軽々しく鳴ったあの銃声が

がんばれっていうちりちりした声が
石灰の粉と舞い上がる昼間の校庭の
走りつづけなければいけないトラックの中で
太腿にしこまれたばねで跳ね上がり
重心を風に乗せて先へ進むことも
みんなのために走れっていわれることも
乗り切れたはず
のからだは
どうしてだろう
背が伸び肉がつき骨がひらき
もうなめらかに動かない
からだが膨らんだり削れたりしても
薄めた悲鳴のような異音が鳴っていても
それは故障じゃないからみんなには聴こえない　だって

おもちゃの銃のうしろから
あなたならできるよって声が
幸福まで
走れ走れと急き立てて
怖がらないで転んでも傷なんてすぐに癒えるでしょう
そう抱きしめながらこのからだの操縦席を奪う
奪われる
求められた速度からこぼれ落ち
いちばんにテープを切れなかった乗り物から
もう走れないといえないわたしはいつまでも降りられない

みんなが寝静まったころ
白線のトラックから抜けだして
昼の熱気を吸いこんだ道路を蹴る　軽く

一歩

踊るようなストライド
兄の服を着てフードをかぶり
いびつなからだを隠したら
誰にも見られない場所を走れる
その自由はさびしくて
さびしいときほど足が軽くて
間違いだらけのフォームでどこまでも跳べそうだ
道路を剝がす工事現場を横切り
血管のように広がる路地を抜けて
夜を吸いこむと肺の深いところまで触った気がする
こんなところに細胞なんてあったのだろうか
明日には
馴染みのない乗り心地へ書き直されていくわたしの

ひそやかな破壊音が
銃声のない夜には冴え冴えと聴こえる
昨日と違うこの足は
地面ではないなにかを踏みしめながらわたしを運んで
浮かぶ
突然現れたコンビニの蛍光灯が
無言でゴールを教えてくれる　けれど
額に吹きだす汗がまだ
凪を求めて
もう少しだけ先へ
その先の暗闇へ向かう
工事の振動がからだを伝い
壊す　作る　その音は内側から
聴こえる

速度は
誰のものでもなく

すてきな装いは脱ぐために

わたしが女の子になる前
誰のことも瞳に映さず
心地いい風に手が届くまで
納屋の埃と踊っていた

傷に彩られた足で野を荒らし
日が落ちると迎えにくる母の
腰のなだらかな丸みには
かなしみが詰まって見えた

汚れても手放そうとしなかった
お気に入りの服が小さくなるころ
クローゼットの奥に
いつの間に掛けられていた
女の子スーツ
着るものがなくて装着した朝
誰かに手招きされ
誰かに顔を背けられた

袖を通すたび
くすぐったくて
涙に似た匂いがする
この先を生きるためのドレスコード
街では同じようなスーツを

着こなしたひとたちが笑いかけてくれる
どんなふうにそれを手にしたか
たずねても誰も教えてはくれなかった

女の子スーツは
皮膚のように寄りそって
指の先までずっしり重い
街を歩けば褒め言葉と唾を吐かれ
わたしではなくわたしのスーツを愛するひとともすれ違う
転ぶのも戦うのも慣れるのも自由
どれだけ壊れても
生きのびたくてわたしも笑う
なにかが終わるような恐怖だけが
本当のともだち

朝から晩まで
包まれたスーツの中で一緒だから

むかし同じ毛布で眠った誰かは
わたしと色も形も違うスーツを贈られて
おたがいの持ち物を
羨ましいとは知られないよう
いつもすてきなところだけを見せあった

目を閉じればもう
からだの一部のようなのに
本当の自分について話すとき
手にしたすべてを誰もが脱いでしまうのは
おかしくてさびしくて

なつかしいことだった

わたしが女の子になる前
クローゼットの中をよく探さなかった
あったかもしれないほかの服や
スーツがどうしてそこに掛けられたのか
想像する日もある
けれど
街を歩けばすれ違う
生きぬいてきた笑顔たち
そのすてきな装いに隠された
おびただしい傷跡
そのさらに奥で
ひとつの命が跳ねるのが

この瞳いっぱいに映る今
縫いつけたかなしみすら裏切って
踊れてしまう
軽薄なわたしの前に
うつくしさはやってくる
ぴょんと
身ひとつで

生息地不明の彼女たち

大人になったらどこにいきたい？
あなたが世界地図で指さす島を
ふちどった蛍光ペンのすかすかの発色は
わたしの輪郭よりもくっきりと見えた
いつか
ではなく
今すぐ行こうよ
あなたの目に映った影は
手をとり教室をすり抜けて
バスと電車と飛行機と船を乗り継ぎ

見知らぬ国境までたどりついたかもしれない
制服姿のわたしたち

未来を選びなさいと
心のありかを知らないひとがいう
だから指先の彩りを
剝がしては塗り直すことに夢中で
そうすれば目の前に広がる
無限のわかれ道に気づかないでいられた
心はね
ひび割れみたいな分岐点の
選ばなかったほうへ置いていくのです
からだの空白を触ってはじめてそこに
あったとわかるけど

さびしくないよ

あの曲がり角でわかれたわたしは運命に捕まることなく
あなたと西へ向かい空港でいじわるな税関に足止めされ
今ごろ命知らずの密航者の手をとり海へ乗り出すところ

息をするたびに未来を選びながら
夢中でなにかを作り上げたことすら
知らない制服のスカーフで
わたしたち
という架空を
ひとつに結び
きつく縛ったはずだった
大人になったらなにをしたい？

異国の言葉を覚えて
本のページをめくり
新しい服を着て踊り食べ眠る
またあした
手をふりわかれた道から
遠いのは空だけじゃない
がらがらと
崩れる音はしなかった
大人はさよならなんていわない

大人になったら
あなたとあの島に行って
誰も知らない生き物を見つけて
みたい

みたかった
わたしは
ある朝ひとりで海を渡り
かつて色を塗った
心の目印だった島から
旅をしているというひとに出会った
その故郷の島には
未発見の生き物なんて
もうほとんど存在しないという
だから
密航者に出会うこともなかったわたしは
平穏な東の島国訛りで
そのひとに教えるのです
あの日教室を飛び出して

バスと電車と飛行機と船を乗り継いで
世界の果てまでたどりついたかもしれない
生息地不明のわたしたちが
逃げのびて笑いあい
この星のどこかに今も
見つからず潜んでいること

間違いは刻まれる

霧のような雨すら響いて聴こえる
世界の境目みたいにしずかな階段の踊り場で
あの子の髪をかきあげたとき
ひとのからだに傷つけてもいい場所があるなんて不思議だった
手のひらに収まるプラスチックの器具で
やわらかい生き物じみた耳朶をねらい
よく知るあの子の知らない肌の白さが
恐ろしくなる前に息を止める
間抜けな音で針が飛びだす
一瞬

指がふるえ

あの子がわたしの耳に触れると
遠くの予感まで針で留めるようにくすぐったくて
痛いのが同じ量でやってくるから安心した
わたしたちはいずれ
なにもかもを忘れてしまうね
観たかった映画も
好きなひとの声も
あの子に誰より近くにいてほしいわたしもいつか
この踊り場からいなくなる
鼓膜に音が突き刺さり燃えるように熱くなった耳朶
けどもうどこも痛くない

手元が狂って
すこし歪んだ耳朶の穴を
失敗だってわたしたち笑って
さびしくもないのにからだに穴を開けたら
本当にさびしいときはどうすればいいのか聞かなかった
痛いのはどこかへ飛んでいって
指先に残るのはなにかを傷つけた感触だけ
後悔もなく晴れわたる日々のほうがさびしいなんて
知らずにいた踊り場を去って
今だって泣きたいくらい
世界はきれいです
それすらまばたきのあとなめらかに忘れていくから
消えない痕に触れるたび
もっと間違えてもよかったと

こっそり爪を立てる

水たまりがあふれる

季節外れの吐息のように白く
いつもより亡霊は透明じゃない
布団から足をはみだし
ここにいるよって
日々が濃くなっていくみたい
お腹のすかないわたしのとなりで
飢えた子の目をしている亡霊のきみ

家にはいつも水たまりがある
冷えた風呂と飲みかけのコップ

閉め忘れた蛇口や蓋のない目薬
亡霊は水がすき
あちこちで舐めて食事をすます

あなたは空想ばっかり
お母さんはわたしと亡霊にいう
でも質量がないってすてきね
肉があると欲しくて重くて
くるしいね?
亡霊はほこらしそうに
お母さんの後ろでくるくると踊る

回りつづける
永遠のような扇風機の羽の隙間に

そっと指をさしこみたくなるときは
透きとおるふりをしよう
お母さんのいない夜
わたしと亡霊は見分けがつかない

おはよう
夜の重なりにぐったりしたお母さんが
今朝は呼んでも振り向かない
おはよう
聴こえないなら
このからだは消えてしまいそう
おはよう
わたしの手はある？
叩いて叩いて

叩けば
お母さん痛がって子どものように泣いて
うれしいわたしは透明じゃなかった
透明になりそこねた亡霊じゃなかった

外はこんなにも明るい
ドアの隙間から飛びだして
すぐ目の前の三ヘクタールの公園に
亡霊のきみを連れて
置きざりにして
誰にも見られやしないと知っているのに
おそろしさと悦びでふるえて布団に潜った
心はひどく濁って
二度と透明にならなかった

おはよう
呼びかけても亡霊はもう現れない
永遠を薄切りにして時計の針が回り
あの公園にはマンションが建ち
お母さんの声は電話越しが心地いい
ひとから抱きしめられるたび
貰いものみたいなこの肉を感じて
わたしはわたしの質量にぐったりする
その重さがくるしくてうれしい
わけもなく目からあふれて落ちていく
小さな水たまりを
今ならぜんぶきみにあげる

森林公園で出会ったら

ここからは
草一本持ち帰ってはいけません
そういわれたのだった
落葉してひらけた頭上に
まみえる白い空
あらかじめ手が届かなくて
骨だけになった伸びやかな枝が
泳ぐように時をまたぐのを見るだけ
幼いころついてきた案内係は
いつの間にか消えて

ひとり
そのようだけど
ここには幾千もの生きものがいる
わたしをはさんだ木立で交わされる会話
雨が雪になる前の羽ざわり
イラガの繭のおいしいところ
植物は色とりどりの雄弁さで
今日のわたしは飛べないし根もはれないから
落ち葉をくしゃっと鳴らす
さびしい侵入者の足どりで
獣道　野原　小川　丘　田園を抜け
エゴノキに尋ねると
初夏に出会った蝙蝠は
もう寝てしまったのだという

腐りかけた古い案内板に描かれた
生きものの分類表を指でなぞる
瞳の形　髪の色　生まれた場所
わたしたちは似たもので選り分けられていた
けれどここを出たら
無数だったわたしたち曖昧に蠢いたひとつの
鳴き声、　みたい
案内係にいわれなくとも
じぶんのごみはすべて持ち帰る
ここに置いていけるのは
足音　皮膚のかけら　記憶　叫び　涙
消えるものだけ撒き散らし
何千回目かの空をあおぐ
喉に巻きつく青灰色のマフラーを

春と間違えて集まってきた蝶を連れながら
さっき新しいひととすれ違った
あちこちの風景に見とれていて
わたしには気づかなかった
わたしも無数のひとを見過ごしてきた
出口の遠い森林公園の中で
また出会ったら
今だけの形をした唇で
あいうえおを交わしてみようか
落ち葉と一緒にこぼれた吐息が
ひとひら
降り積もる

はばたき

季節は誰かをさらっていくね
あの日の紋白蝶もススキもいなくなった
あたらしいものが生まれる
その予兆みたいな引力で月日は引きずられ
席をあけるための死骸はそこらじゅうに落ちている
きみもわたしもかつて
あたらしかった
わたしたちをおいていくものを
いつも愛する途中で今日が終わってしまう
大人たちが抱くきれいな布で包まれた箱の

中身を知らないで
手を
振る
あれは夏の鳥
空に線を引いてちいさくとおく
そこにいるのにもう見えない
わたしも
連れていかれるなら夏がいい
光に貫かれアイスのように溶けていきたい
通りすがりの家から
漏れてくる甲子園の中継で
地上の物語がつづいていることに安心しながら

きみの治らないあかぎれがすきだよ

つるぎのような陽ざしを抱いて笑う
小さなきみの姿は古い写真でしか知らなくて
砂場の奥の奥に湿ったところがあってね
永遠ってこんな手触りだろうと思った
そういうきみの大きな手にうつくしいものが
なにひとつ残らなくてよかった
傷を知らない日に出会わなくてよかった
夏からとおくはなれた場所で
からだをふるわせたきみが
くしゃみする
その間に誰かが地上からさらわれ
おいていかれるおいて
いく
わたしもいつかきれいな布の箱を抱きしめて眠るだろう

その中で
白く乾いた燃えあとが
卵の殻のかけらのように揺れるとき
あたらしかった誰かはもう
飛び立って
空白をなぞる指先から
なつかしい永遠の感触が
剝がれ落ち
その見えない切れ目から
つぎの季節は
生まれる

誰かの春

きみのかなしみが産声をあげた朝はよく晴れて
かたくなった小さなからだを土に埋めやすかった
しあわせでした
か？
あの子の命はしあわせでしたか
その答えを探しにいきたくなるからきみはカーテンを閉じる
生まれたばかりの空白を抱きしめながらこれからは
電車の待ち時間、冷たい風に目を瞑る間にも
忘れては思い出してを繰り返すから生きるのは痛み分けだ
太陽を締め出した部屋で優しさのように無意味な電気をつけて

かなしみの純度が目減りすることすら恐れたのは
嘘じゃないきみもわたしもいつかはまた笑えるようになって
春が来るのを喜んでしまうね
その虚しさもいずれわたしたちの馴染んだ棲処になって
生きてみるほどに愛したくなることだけが発見だった
永遠の別れなんてなくて
時間の決まっていない待ち合わせがある
今日も明日もきみはいつだってあの子に
会いにいくところ
その途中で春が来て春が来て、また春が来る

あとがき

意思とは関係なく流れる時間からこっそり抜けだして、自由に時間を遡り、記憶の前で滞留し、言葉にならなかったものに新しい輪郭を与える。大人になった今、書くことは何度でも生き直すことだと知りました。

二〇一五年より同人誌「プラトンとプランクトン」に参加し、この詩集に収録した「脱走遊び」「海辺で眠る」「バスがやってくる」「おかあさん再生産」は「ユリイカ」の「今月の作品」(二〇一七〜二〇二一)に掲載されたものを一部改題・修正しました。

詩集を作るにあたり真摯に指導してくださった川口晴美さん、編者者の藤井一乃さん、装幀の福田正知さん、装画の田中千智さん、帯文を寄せてくださった大好きなミュージシャンの永原真夏さん、家族と猫たち、もう会えなくなった人と消えてしまったもの、そして今この本を読んでくださるみなさま、本当にありがとうございました。

伊口さや

大人《おとな》になったらこわくないよ

著者　伊口《いぐち》さや
発行所　株式会社思潮社
〒一六二－〇八四二　東京都新宿区市谷砂土原町三－十五
電話　〇三－五八〇五－七五〇一（営業）
〇三－三二六七－八一四一（編集）
印刷・製本　創栄図書印刷株式会社
発行日　二〇二三年六月三十日